술 먹고 전화해도 되는데

저자 고유의 글맛을 살리기 위해
한글 맞춤법을 따르지 않은 단어가 있습니다.

술 먹고 전화해도 되는데

전소민

Prologue

글은 저에게 유일한 표현이었어요. 하얀 여백은 늘 묵묵히 제 맘을 들어주고 담아주었습니다. 언제부터가 시작인지 정확히 기억할 수는 없지만, 늘 고요한 자정이 넘은 시간에 노트나 컴퓨터 앞에 앉아 백지에 제 마음을 뱉어내고는 했습니다. 이 글자들의 조합으로 내 맘을 모두 담아낼 수는 없어도 작은 숟가락으로 떠서 다른 그릇으로 옮기듯, 어떤 마음들은 글로 덜어내고 나면 마음이 한결 가벼웠어요. 그렇게 10년간 덜어낸 마음들을 한 몸으로 엮게 되었네요.

20대를 돌아보면 가장 큰 고민은 꿈과 일 그리고

그것들을 가려버릴 정도의 사랑이었어요. 크고 무거웠고, 뜨거웠지만 온전히 건네지지 않는 답답함과 소통의 어려움, 이해받지 못하는 슬픔 등으로 서툴고 실패하는 사랑의 과정에서 늘 너무 외로웠습니다. 그 외로운 마음을 온전히 들어준 것이 이 백지였어요.

온통 사랑뿐이었지만, 후회하지는 않습니다. 혹자들은 철없고 한심하게 생각할지도 몰라요. 하지만 까맣게 태운 그 무모한 마음들이 가끔 저의 짧은 삶을 돌아보았을 때, 한없이 반짝이고 풍요롭게 합니다.

지금도 저는 사랑을 좇습니다. 끊임없이 원하고 사랑하며 물러서지 않고 발 담금 합니다. 어른이라는 단어가 어울리는 나이가 한참이 지났지만, 저는 달라지지 않았어요. 그 혹독한 혼돈에 끝이 있다고 믿었던 것은 부질없었죠. 관으로 들어가는 그 날까지 울렁임은 계속될 것이라는 것을 인정해버렸습니다. 글을 정리하면서 휴지기에 있던 아픔들이 다시 살아나 꽤 아프기도 했습니다.

솔직해지고 싶었어요. 그곳이 어느 공간이든 누구든 간에. 이 진하고 맛없는 못생긴 초콜릿이 누군가도 먹어 본 맛이기를 바라며…. 꼭, 표현되지 않아도 가슴으로 녹여주시면 감사하겠습니다.

사랑과 함께 살아가고 있는 모두에게,
이 글을 올립니다.

전소민 드림.

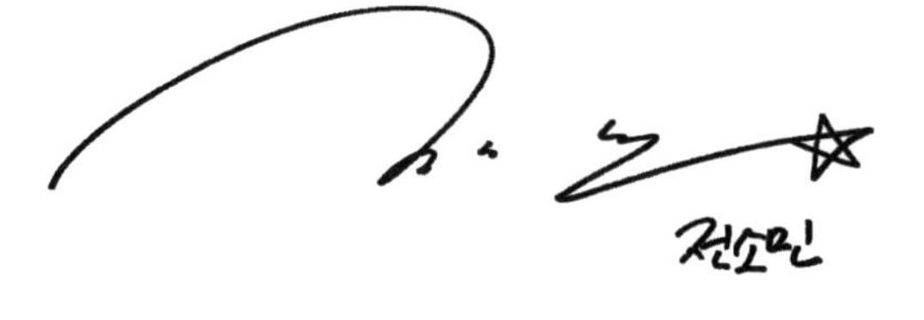
전소민

Contents

Part 1
내가 누군가의 세상이던 순간

Part 2
그때의 나는 참 예뻤는데

Part 3
보드랍고 말랑말랑하게

Part 1
내가 누군가의 세상이던 순간

감기에 걸려,

내 몸속에 작은 회오리가 칠지언정

나를 쓰다듬는 바람과 빗소리는

아파도 좋았다.

아파도 좋다.

춘설

내 볼을 살랑살랑

우쭈쭈 간질간질

그렇게 녹아버릴 거면서.

봄을 향한 귀여운 질투.

널 보고 웃지 않을 수 없구나, 내가.

쌀쌀맞은 네 탓에

나 조금 추운데.

근데,

예쁘다 너.

전해지다

내 양 볼 두 언덕이

하루 종일 텐션 올라가

내려올 줄을 모르고

나를 바라보는 눈빛에

사랑이 서린 것을 느끼고

내 손을 잡은 체온에

감사함이 묻은 것을 느낀다.

빛처럼 온 네게

고맙고, 감사하며, 눈물 나.

약간의 두려움이 있다면

그 예쁜 맘에 흠이 갈까 봐.

맨발로 뛰던 그곳은

분홍색 실크라고 하면 맞을 것 같다.

다시

생각보다 많이 연약했다.

계란찜보다 더 흐물했고

그 뚝배기도 아직 덜 식었다.

두껍지 않았다.

숟가락이 금세 내 마음에 닿았다.

급냉

나는 계절이든 뭐든

아름다운 것들이 변하고

지나가는 것이 두렵다.

너 냉장고에 들어가라.

냉동실에 들어가라.

그대로 얼려 놓고

보고 싶을 때 꺼내어 녹여 쓰게.

봄

내가,

누군가의 세상일 때

그게 봄이지.

너 하나만

누군가 때문에 기쁘고 행복하다가
누군가 때문에 슬프고 괴롭다면

최고의 행복과 고통을 주는 게
너 한 사람이면 좋겠다.

기쁨을 주다 고통을 줘.
또 누군가에게 기쁨을 찾기보단
또다시 기쁨을 주는 게 너였음 좋겠다.

그냥 모든 게 너 하나였음 좋겠다.
그럼 살 만할 듯.

너에게

공기와 계절이 바뀌는 것을 알고

상대의 낮은 한숨도 놓치지 않고

조금은 뜨겁고 촌스러운 사람아.

사소한 낭만을 가슴에 담을 줄 아는 너

보여주라, 너의 세상. 나의 증인으로 남아주라.

할게요

사방팔방 흩어진 꽃잎을 두 손 가득 주워
가슴에 안아준 그대만을 사랑할게요.

무심코 찍은 작은 점 하나가
내 가슴에 전부가 되는 그날
그대만을 사랑할게요.

당신의 가슴에 핀 한 송이를
선뜻 내게 꺾어 주었소.

나도 여기 단 한 송이 피었습니다.

라면을 부수기 시작한 순간

한참 봄이 진행 중이던 날씨에 우리는 신촌에서 처음 만났다. 우리는 부대찌개를 먹으러 갔고, 찌개가 보글보글 끓을 때쯤 놓치지 않고 라면을 들어 반으로 부쉈다. 원래 내 성격이면 그냥 통째로 집어넣었을 텐데, 무슨 변덕으로 그날따라 라면을 반으로 부쉈는지 모르겠다. 조금은 낯선 분위기를 그 바스락거리는 새로운 소리나 부수는 행위로 뭔가 상쇄하고 싶었나 보다.

어색한 상황을 맞닥뜨렸을 때, 나의 어색한 행위. 바스락.

"예쁘다."

"응?"

"라면 예쁘게 부수네…."

나는 그 순간 하루 종일 라면을 부술 수 있을 것 같았다. 세상에서 가장 아름답게 라면을 부수고 싶었다. 그때 네가 그 모습에 반했나 싶어서. 그날은 하늘도 예뻤다.

부스터

생을 힘차게 살아가게 해주는 것들은

생각보다 하찮은 것들이네.

가을바람. 오빠 눈짓. 그리고 입맞춤.

꽃을 꺾다

미안하지만,

곁에 오래 두고

보고 싶은걸 어쩌냐.

요만큼이라도 여기 앉아라.

잠깐이라도 곁에 있어라.

내가 열심히 밥해주는 이유

어디선가

익숙한 맛을

만났을 때

나를

기억해주기를 바란다.

빗방울

자국이 남는 사랑이었음
좋겠다는 생각을 했다.

꾸욱 누르면
메모리폼처럼 쉽게 차오르지 않고
앉았다 일어나도 흔적이 남는

너를 잡았다 놓아도
덜 마른 칠 마냥 묻어나는.

나는 남겨졌으면 좋겠다.
얼룩이든 향취든 그러한 모양새로.

잘자, 사랑해

사랑한다는 말은

잠들기 전 이불 같았다.

매일 밤,

나는 그 말을 덮고

깊은 잠에 들고 좋은 꿈을 꾸었다.

시린 발을 웅크리며

짧은 이불을 당겨본다.

이럴 때는 사랑하길

세상에 대한 불신과 오만 잡념과

쓸데없는 고집과 집착만 늘어간다면

과감하게 사랑에 몸을 던질 것을 권유한다.

살아 숨 쉼에 감사하기 위해 가끔은

사랑이라는 충격이 필요하지 않을까.

그리하면

메마른 꽃이 예쁘게 피어날지니.

병

움직이지도 않는 이모티콘을 뚫어져라 보고 글자 하나 '응.'과 '옹.'과 '웅.'사이. 또는 한 개인지 두 개인지, 또 띄어쓰기 한 칸도 나는 천 리를 걷듯 훑어 지나가고 문자기호 하나도 물결인가 마침표인가.

느낌표다! 아, 그 끄트머리 음성을 상상해본다. 만질 순 없지만, 손으로 느껴 내려가 그려볼 뿐. 뭔가 존재하는 것 같다. 노래 한 곡만 마냥 틀어놓고 벽지만 계속 바라보며.... 아니, 그 글자들의 자음과 모음 그 사이사이 구석구석 헤집고 다니며 나는 시간을 잘도 보낸다. 없을지도 모르는 의미와 그 마음이 내 맘 깊이 들어와 꼭, 가득 차오르고 찰

싹 달라붙을 때까지.... 그제야 나는 맘을 놓고 빨래를 널든 청소를 하든 책을 읽든지 할 것이다.

이것도 병.

발 깍지

손을 잡는 것보다

발을 잡는 것이

너를 붙잡아 놓는 일.

침대에 누워 발가락으로

너의 발가락을 엮어,

손잡고 함께 걸어가는 것보다

이대로 이곳에 이 시간에

머무르고 싶다.

파묻히고 싶다.

걸어가면 전진

시간을 앞지를 것 같고

어떤 방향이든 변할 것 같아서

지금 너무 완벽한데

그냥 이렇게 여기

시간에 말고

우리 이 모습 그대로

화석이 되자.

그러자.

환기 (어느 겨울날)

그가

뜨끈뜨끈한 내 방문을 열고 들어왔다.

어깨에 찬바람 업고 들어왔다.

겨울과 함께 들어왔다.

안아줘야겠다. 이 청량함.

밖은 많이 춥구나.

어느새

내 가슴이 많이 넓어지고

내 팔이 많이 길어진 것을 알았다.

어느새….

입 없는 달

내 소매로 얼굴 한번 슥 닦고

내게 쏟아질 것만 같은 별들과

일일이 눈을 맞춘다.

노오란 달이 어디 있나 한 바퀴 빙 돌아보고

언제나 그 자리에 있어 주니 고마울 따름.

내 모든 것을 지켜보고

모든 것을 알고 있는 달이기에 쉿.

입 무거운 믿음직스런 친구지만

너는 다 보고 있으니까

너는 다 알고 있으니까

그 사람도 내 생각에 밤잠을 설치는지

가끔은 입 뻥긋 해줬으면.

사랑해

이 한마디가

우리를 밀폐 시켜 주고

이 시간을 짓이겨

얼룩 같은 순간을 남겨주며

우리를 고무줄처럼 늘려준다.

당겨져 끊어지거나

멀어져 있지 않게

탄성으로 우리를 붙여줘.

부딪혀 아파도

우리는 우리를 붙들고

갈 수 있을지 몰라.

그러니까,

사랑해.

사랑한다고 말해줘.

그 접착제가 들러붙어

안 떨어진다.

울어도 좋으니까

많이 말해주라.

사랑한다고. 사랑해.

파도

나는 나를 향해 밀려오는 파도를
묵묵히 바라보았다.

하얗게 부서지며 내 발들을 쓰다듬고
내 발목을 붙잡고 푸른 가슴으로
나를 안으려 한다.

이 파도에 치여
모래사장 위로 다시 밀려나진 않을까.

눈물에 절여져 울지 말아라, 아가야.
나를 밀어내는 조각들을 부숴가며
다시 푸른 바다에 안길 테다.

영원하자

영원이란 말은

한여름 푸르른 나무 위로

함박눈이 내리는 일.

뜨거운 고백은

그렇게 녹아 없어지는

아이스크림 같은 것.

로맨틱

눈이 펑펑 내리고
길이 하얗게 꽁꽁 얼은 날.

보일러 틀고 너랑 귤 까면서
과자 뜯고 티비 보다가
롱 패딩 입고 편의점에 가서 호빵 사 먹고

해지면 어두운 오뎅바 가서
정종 한잔하고 들어오면
이게 낭만.

노란 스탠드 켜놓고
밤새 도란도란 떠드는 거
그렇게 아침에 눈이 쌓여서
눈 밟고 산책하는 거
그게 겨울 낭만.

당신의 능력

절망의 순간에도
세상을 뒤집는 건
불현듯 울리는
'사랑해' 문자 한 통.

살 만하다고 느껴지는 사소한 순간
그 눈짓, 그리고 입맞춤.

슬픔에 바스라져 가루가 되어도
행복해 울다가 반죽이 되게
주물러 일으키는 것은
결국 너네.

나를 부를 때

내 이름을 부르는데

왜 그리 가슴이 먹먹하고

묵직하게 다가오는지

내 이름 석 자가

그리도 정교하고

알차며 한 자 한 자

애정이 가득 찰 수 있느냔 말이다.

어쩜 그리

태어나 처음 들어보는 언어처럼

소중하게 들리느냔 말이다.

그 입술에서 만들어지는
내 존재가
빛처럼 날아와
화석처럼 박히느냔 말이다.

그 한마디에
너와 나의 역사가 응축되어
귓구멍으로 흘러들어 가슴으로 녹아든다.

"소민아."
이 한마디로 나 여기 존재한다.
이토록 눈물 날 만큼
달짝지근한 명사가 또 있을까.

왜 나는 너를 사랑하는가

어느 순간부터 보이지 않던 것들이 보이고 더 많은 것을 볼 수 있게 되었던, 그렇게 부쩍 어른이 된 것 같은 순간이 있었다. 마치 세상의 전부인 것 같았던 벽이 무너지고, 그 잔해에 깔려 절대 풀지 못 할 실타래를 만지작거리던 날을 지나 익숙한 습관들을 버리고 새로운 습관을 입히면서 예쁜 앨범 하나만 남겨 서랍에 잘 넣어둔 날.

일방적으로 끝나버린 보답 받지도 못 할 사랑에 숨넘어갈 듯 끙끙 앓던 날을 지나, 순식간에 넘치는 깨달음에 정신없이 머리가 아프던 날이 지난 직후였다. 우리는 사랑을 하면서 성장한다고 하지 않나.

사랑이 끝나고 그 지옥 같은 불덩이를 견뎌 낸 후 우리는 분명 더 단단해진다. 비록, 거친 피부에 퀭한 눈, 바짝 말라빠진 입술을 하고 떡이 진 머리에 핼쑥한 얼굴로 목이 늘어난 티를 입고 있을지언정. 그 사랑들을 지나 또 앞으로의 사랑을 지나면서 그렇게 성장한다.

나를 보다 넓고 깊게 만들어준 너에게 감사를 표한다. 거북하고 아팠지만, 더 많은 것을 소화할 수 있게 해줌에 다시 한번 감사를 표한다. 그리고 많은 그녀들이 혼자가 편하다는 핑계로 그가 아직 나를 사랑하거나 다시 돌아올 거라는 착각 속에서 새로운 사랑을 밀쳐내지 않기를 바란다. 정말 다시 한번 진심으로 너에게 감사합니다.

그릇과 능력

네가 내 마음을

뚫고 휘젓다가

가져가는 것이

그저

맛없는 시간일지

날아가는 향기일지

아니면

내 심장일지는

모르는 일.

테트리스

침대 모퉁이를 헤매다가도

어렴풋이 잠에 깨면

거기로 오라고 나지막이 말한다.

기가 막히게 알아듣고

나는 너의 다리 사이

그리고 목덜미로 얼굴을 파묻는다.

우리가 늘 만나는 그곳에서

그 틀에 마음이 맞듯이

몸이 빈틈없이 맞춰졌을 때

땅으로 가라앉는 건지

공중으로 뜨는 건지

나는 잠꼬대로도 중얼거린다.

거기로 와, 거기로 와.

시작되기 전

내 심장을 누르는 목소리
감질나는 웃음에
뒤통수가 가려워.

찍찍 끄는 슬리퍼 그 발소리
별게 다 내 가슴까지 울리네.
넌 뭔데, 나보다 발가락이 예쁜데.
저 미소가 내 맘을 까맣게 그을려.

그 존재에 내 시야가 좁아지고
너는 내가 매일매일 머리를 감게 만든다.
너는 내가 매일매일 거울을 보게 만든다.
너는 내가 매일매일 치마를 입게 만든다.

긴 머리를 목 뒤로 넘기는 순간마저

세상에서 세상에서 아주아주 얌전하게
아주아주 청순하게 아주아주 아름답게
한 올 한 올 결결이 찰랑이고 싶게 만든다.

두 입술 꾹 다물고 숨만 쉬는 180분
처음으로 내뱉은 이 한마디를
솔 음으로 해야 하나 미 음으로 해야 하나

그 한마디마저 세상에서 세상에서
가장 가장 감미롭게 가장 가장 달콤하게
가장 가장 사랑스럽게 가장 가장 섹시하게
가장 가장 의미 있게 매력적이고 아름답게
말하고 싶게 만든다.

오늘은 모자를 벗고 운동화를 신고
면도도 하고 왔구나. 내일 또 봐요.

감상하게 되는 것

네 가녀린 잎 하나하나
네 짙은 껍질과
바람에 파르르 떠는 모습까지

달을 머금은 실루엣
눈으로 맡을 수 있는 은은함도

너는 낮에는 축복 같고 눈부시게 아름답지만
어찌 밤에는 이토록 고혹적이고 차갑게 빛날까

환하게 웃다가도 아련하고 애틋한
나는 너를 감상한다.

누군가 그랬던가

사랑은 감상하게 한다고

그저 너를 보고 또 보고 바라보게 한다고

그 눈빛도

입술도

생각도

마음도

시선 손짓 모든 하나까지

이토록 의미 있을 수 있을까.

새롭고 새로운

사랑은 할 때마다
늘 재해석 된다.

너로 하여금 나를 발견한다.
삶을 새로 쓴다.

보이는 사랑

사랑이 보이는 순간은….

그래. 이렇게 확실하며 명백하다.

바보여서가 아니라

넘치는 마음은

늘 상대에게 들키게 되어 있으며,

또 견디지 못해 쏟아내는 것이다.

전달해 상대의 짐으로 옮겨버리고 싶은 것.

그러고 보니…

너도 그랬었다.

2014.10.13.

봄인 줄 알았다.

곁에 너 때문에.

달라지는 내가

내 마음에 꼭 들기를

더불어 당신도.

휑한 낭떠러지에 서 있는들

나는 겁먹지 아니할 것이며

더 과감히 몸을 던질 것이다.

그것이 내가 그동안 느끼고 배운 사랑이다.

끝까지 가 보는 것.

새롭게 칠하자

안타깝지만 열은 한숨에도 꺼질 수 있다.
원래 그런 건 아니다. 지옥이었다.

괴롭겠지만 자주 또는 가끔 또는 문득 순간
덜 조금 아주 찰나 기억하고 떠오를 것이다.

나는 이 녹을 벗겨내고 새 칠을 하고 싶다.
아니, 해주길 바란다. 그것이 나의 진짜 인연이고 사랑이었으면 좋겠다. 새것이라고 착각을 할 정도로 감쪽같이 덮어줄 사람은 너밖에 없다.

나는, 너를, 기다린다.
우리 곧 만나자.

회상

정말 이런 남자가 있구나 싶었다. 문득 전화를 걸어 떨리는 목소리로 내가 혹시 아프거나 사라지면 어쩌지, 불현듯 겁이 났단다. 순간 심장이 주저앉는 줄 알았다며.... 그때 내 심장도 함께 내려앉았다. 이 남자를 어쩜 좋지. 눈물나게 예뻤다.

꽃을 꺾어 안길 줄도 알았고, 많이 안아주지 못해 미안하다는 말을 했다. 일하는 도중 뜬금없이 사랑을 고백하며, 내가 봐도 시도 때도 없이 온통 내 생각뿐인 것 같았다. 글로 마음을 표현할 줄도 알고 그냥 내가 곁에 있기만 해주면 천하무적일 것 같았다.

서로 응원하며 힘냈다. 자신의 것을 항상 내게 나눠주고 양보하며, 먼저 챙기고 그랬었다. 그랬던 사람이 있었다.

미치지 않고서야 그렇게 무섭도록 몰두하고 집중했을까. 근데 그것이 너무나도 쉽게 변하고 사라져 나는 그게 더 무섭다. 우리가 한 계절 바람만도 못하게 불다 사라진 것 같아 더 소름 끼친다. 그것은 진정 사랑이었을까. 아니면 잠시 꿈에 취한 거였나.

욕심일까

우리는 어느 길로 가고 있나요.

나 맘 놓고 싶어집니다.

혼자 울다 지치는 밤은 끝났으면 하네요.

슬프면 슬프다고 말하고 싶습니다.

그저 한 번의 쓰다듬음,

그것으로 족한데

이상한 눈초리 말고.

아. 네가 조금 지쳤구나

아. 원래 눈물이 많지. 하며

그저 한 번의 포옹이면 되는데

알아주지 않아도 되고

말도 필요 없고

그저 잠깐의 시간을 주면 되는데.

나 외롭게 혼자 길을 가고 있지 않아요.

우리 함께 걷는 길이고

난 늘 당신 곁에 있습니다.

그렇게, 그거면 되는데….

사랑? (2017년)

원래 미친놈 같고 제정신 아닌 것이
그 정신병이 사랑이지 않겠나.

그 말도 안 되는 황홀함과
고공에서 떨어져 목이 부러지는 것 같은 슬픔,
그 토해내지 못하는 쌕쌕거리는 울음
뭐 그런 것 아닌가.

내 마음이 단어라는 모양으로
잘 만들어지지 않는다.

속 터지는데 놓을 수는 없는 것.

뭐 그런 것도 사랑의 ㅅ 아님 ㅏ 아님 ㄹ
또는 ㅇ 정도 되는 것 아닌가.

사랑받는 줄 아는 머저리

내가 그에게 건넨 마음이

그에게는 엎어져도 되는

케이크쯤으로 느껴졌다.

그걸 넘어

케이크를 내 얼굴에 뭉갰다.

이상하게 돌려받은 마음을

달콤하다고 하는,

나는 머저리가 되어 있다.

반사

왜 누군가를 사랑할수록 더 외로워질까.

나는 그의 생각을 읽을 수가 없다.

아니, 선명히 읽을 수가 없다.

그저 그의 나지막한 숨소리나 음색의 높낮이

그리고 흔들리는 눈빛 정도로

함께 동요되거나 또는 함께 흔들릴 뿐이다.

그 눈을 통해 세상을 보고 싶다. 간절히.

그것이 어떤 아름다움이고 슬픔인지

알고 싶다. 온전히.

흐린 곳에서의 외로움은 이런 기분일까.

아님, 그를 통해 비친 나의 외로움을

내가 들여다본 것은 아닌지.

접어들다

접어들었다.

또 사랑에 접어들었다.

무섭게 휘몰아치겠구나.

닿지도 못할 막연한 영원함과

우리란 미래를 믿다가 꿈에서 깨어

발길질 백번 하겠지만….

마음

지구가 몇 바퀴를 돌고
내 맘이 얼고 녹기를 여러 번

수없이 뜯었다가 봉했다가
꺼내었다가 넣었다가
잃어버렸다가 찾았다가
쏟아 버렸다가 비웠다가
채웠다가 움켜쥐었다가
버렸다가 다시 주웠다가
묵혔다가 던졌다가
다시 주었다가 버리든지, 빼앗길까 봐.

더 두려운 것은 나 지칠까 봐.

마음껏 사랑하자

이번엔 변하지 않을 거라고 생각하면서

마음을 많이 던진다고 더 아픈 것은 아니다.

시간이 지나 그 짐을 끌어안고

울게 될 사람은 상대일 수도.

걱정 말고 마음껏 사랑하자.

그의 입술에서 만들어지는 '사랑해' 는

부디, 아주 견고하고 섬세하며

어렵게 만들어지는 단어이길 바라며.

부인

그의 마음이 변한 건 내 탓이 아닐 거다.

그렇게 집요하게 이유를 찾는다든지
나의 사소한 몸짓 하나에도
의미를 두지 말란 말이다.
고작 그따위에 그가 떠난 것은 아니란 말이다.

그렇게 연약한 사랑이었다면
아깝지만, 구멍 난 시간으로 취급해버리자.
있었던 일이지만 완성되어 버린
그것은 못 쓰는 것, 버려야 할 것으로.

사랑했었다가 아닌 사랑이 아니었다. 로.

알면서도

마구 떨어지는 빗소리가 좋아

창을 열고 잠이 들었다.

계절이 바뀌는 그때 즈음

바람과 공기가 묘하게 바뀌며

두 층을 이루는 시기에는

창을 열고 두터운 이불 속에 몸을 둔다.

감기에 걸려

내 몸속에 작은 회오리가 칠지언정

나를 쓰다듬는 바람과 빗소리는

아파도 좋았다.

아파도 좋다.

약점

굶어진 가방끈을 길가에 있는 구둣방에서 수선했었다. 대충 기워 들고 다니던 검은 핸드백은 내가 살 수 있는 가격에서 조금 더 비싼 것이기에 몇 번을 망설이다 구매했었다. 지금에야 그 모습이 검소하고 예뻐 보이지만 기억 속에서나 그럴 뿐, 그 언뜻 보이는 바느질 자국에 내 자신은 한없이 더 작고 작게, 더없이 없게 느껴졌었다. 나를 좋아한다던 어느 오빠도 내 가방을 보고는 명품가방 하나 없냐며 마음을 접었고, 많이 좋아하던 그 아이와 이별할 때도 내 눈에는 유독 기워진 가방끈만이 보였다. 그걸 그 아이가 봤을까 봐, 늘 초조하고 비참했다.

가진 게 없어서 받는 것조차 죄스럽던 시절. 나는 줄 게 없다는 미안함에 괜한 자존심만 내세우고 표현에 서툴렀다. 그런 부끄러움이 바보 같음을 깨닫던 때, 근사한 식당을 서성이다 그냥 지나치기도 했다. 때로는 식당에서 지갑을 확인하느라 화장실만 왔다 갔다 하는 상대를 보면서, 나는 학교 회비라며 용돈을 받아 밥을 굶어가며 데이트 비용을 만들었다.

나는 정말 괜찮은데, 상대가 마음 졸이며 상처받을지도 모를 그 마음에 내가 더 불편했다. 나는 스팸이 들어간 김치볶음밥이 더 좋았고 너구리 라면이 더 좋았다. 함께 쿠폰을 모으는 게 좋았고 볼품없어도 함께인 것이 좋았다.

나이가 더 들고 밥벌이 못할 때, 주변은 모두 때를 벗은 아름답고 화려한 숙녀들과 그런 여자들에게 매력을 느끼는 남자들이 있었다. 나는 열등감에 사로잡혀 더 무너졌다. 사랑받지 못한다. 사랑받지 못하는구나. 내가 아등바등 모은 푼돈으로 밥 한 끼를 먹는 것이 이제는 우리에게 감사하고 소중한 추억이 될 수 없구나.

볼품없다고 여겨진 나는 상대 인생에서 나의 순위에 집착하기 시작했고 말도 안 되는 사랑의 수치화를 요구했다. 욕심이고 불가능한 일이었다.

내가 그 기워진 가방 같아서, 명품도 아닌 게 꼴에 기워진 가방이 아닌 척하는 것 같아서. 마음에 여유가 없었다. 상대가 컸던 것일까 내가 좁았던 것일까.

내 마음은 늘 엎질러지거나 넘쳤다.

사진

눈이 내렸는데,

내 머리 위에만 쌓인 기분

함께 프레임에 담겨

손안에서 바라보는 기분

그 너머로 거울을 만지는 기분

그곳에 네가 함께 있는 기분

어떤 글은

눈으로 읽는 것이 아니라

가슴으로 읽힌다.

결 따라, 손바닥으로

또는, 향취로 읽힌다.

사진도 그렇다.

함께하지 못함

말하고 싶다.

맛있다고.

일기장을 적는 것이

혼자 느끼는 거라면

공감은

놀이동산 어느 관광지에

함께 자물쇠를 걸거나

벽에 흔적을 새기는 일.

감출 수 없는 마음

여자는 대뜸 울기 시작했다.

눈물이 또르르가 아니라

물이 끓어 넘치는 냄비처럼

시뻘건 얼굴을 파묻었다.

여자가 믿고 있는 것이

분명히 존재는 하는데,

그것들을 언어로 풀어

늘어놓을 자신이 없었다.

그녀가 전달하는

그 언어들에 빠져나온 실밥을,

그 단어에 일은 수많은 보풀들을

그는 알아줄 리가 없었다.

깜빡

샤워하고 나와서 연락한다는 걸
까먹었다는데 잊어버렸다는데

팬티는 입었냐고 묻고 싶었다.
로션은 발랐냐고 묻고 싶었다.
물은 마셨냐고 묻고 싶었다.

알람은 맞췄는지
충전기는 꽂았는지
묻고 싶었다.

이런 것도 못 하고 잊었다면,
내가 이해한다.

여자 마음

나는 고양이를 좋아하지도 않는데
도도한 눈을 풀고
나를 그윽하게 바라보더니
내 손길에 주저앉아 풀어지더니

너의 머리를 쓰다듬고
털을 만진 것뿐인데
내 무릎에 녹아 안기더니
그렇게 갑자기 나를 할퀴고 물을 일이냐.

왜.
왜 그러는 거야.
갑자기 왜.

갈대

나를 흔드는 것은 바람이 아니다.

너의 입김이다.

나를 꺾는 것은 바람이 아니다.

누군가의 부채질이다.

외로이 흔들리기만 하는 것은

바람 때문이 아니다.

너와 내가 같은 맘이니,

바람이 어르는 대로

함께 흔들리는 것.

연인에게

나를 가장 잘 안다면서

모르는 사람아

꽃 점

사랑한다.

안 사랑한다.

사랑한다.

안 사랑한다.

'사랑한다' 로 시작해서

'안 사랑한다' 로 끝나는

내 사랑

바로 너의 구석에 앉아서

덜그럭거리는 버스에서

울렁거리는 속을 안고 침만 삼켜본다.

목젖이 꿀렁이며

귀 안쪽 중심, 입술 뒤쪽 어딘가를

접촉하며 맞붙였다가 만지며

각막과 고막을 뚫고

쏟아져 나오는 구역질을 간신히 다스려 본다.

빨간불이 들어오면 내리는 건가요.

내리고 싶으면 빨간불을 누르면 되나요.

쏟아져 들어오고 내리는 사람들이라고

어떤 기대나 큰 개운함을 그리 안고 있지는 않다.

어디 급커브를 해 볼 테냐.

어디 높은 방지 턱을 넘어봐라.

그래 봐야 토악질에 냄새만 진동할 뿐

여기서 내가 내릴 것 같으냐.

맨 뒷자리 왼쪽 어느 구석에서

가끔 창문이나 열었다 닫았다 하고 있겠지.

뜨거운 커피를 마시는 이유

그거 알까

내가 얼마나 뜨겁게 너를 보는지.

커피 한 잔을 마셔도

뜨거운 커피를 얼마나 천천히 마시는지.

저거 다 마시면 너 갈 거잖아.

눈으로 볼 수 없는 것

더듬어 보아야
마음의 모양을 알 수 있다.

세세히 더듬어 작은 홈과
날카롭고 둥근 곳까지.

촉감으로 본 너의 모양은
눈으로 보는 그 무엇보다 귀중하고 고귀하다.
대화로 그것을 깎고 눈빛으로 그것을 닦는다.

상대로 하여금 그것은,
혼자만의 발견처럼 느껴지기도 하고
독보적인 가치로 자리 잡게 한다.

꽃의 울먹임

이렇게 말라 죽이실 거면
모른 척 지나가세요.

이쁘다고 쓰다듬고
향기롭다 꺾을 바엔
그냥 지나가세요.

빗물에 목축이고
햇살에 나 반짝이게

눈길조차 주지 말고
그냥 지나가세요.

미스테리

그가 뱉은 한마디에
수도 없이 써 내려가는
몇십 개의 시나리오.

이 중 실화는 없다.

...에게

안녕하신가요.

나를 바라보던 따뜻한 당신의 눈을 저는 항상 기억한답니다. 당신은 그 어떤 태양에도 녹지 않고, 그 어떤 태풍에도 쓰러지지 않으며, 그 어떤 추위에도 얼지 않았으면 좋겠어요.

당신은 그 많은 산을 넘고 깊은 바다를 건너 저에게 오셨어요. 당신에게 저는 그 어떤 산보다 높고, 그 어떤 바다보다 넓었으면 좋겠네요. 서로에게 너무나도 험한 산과 거친 파도가 치는 바다가 있었지만, 그 흉은 우리 잘 덮어주기로 해요.

이기적으로 제 사랑의 크기를 빗대자면,

당신은 나 없이는 숨도 못 쉬었으면 좋겠네요.

꽃나무

거리를 서성이는 네 걸음에
내가 이리 저리 날리는 걸 보면
날 흔드는 게 바람만은 아닌 듯싶다.

뛰어대는 네 심장 탓에
내가 우수수 떨어지는 걸 보면
날 흔드는 게 빗줄기 때문만은 아닌 듯싶다.

널 따라온 나비 한 마리
그 어깨에 앉지 못하게
꽃잎에 묻어본다.

흩날리는 화사함에
잠시 발길을 멈추고
빤히 보는 네 시선에

맨몸이 부끄러워

잽싸게 잎으로 감춰본다.

조마조마 애타는 마음은

다 떨구고 다 버렸는데

버스럭버스럭 바스락바스락

소리는 정적이 올 때까지

견디고 듣는 수밖에

네 눈빛이 흔들린 거

가려고 고갤 돌린 거

앙상한 내 마음 사이사이로

푸른 하늘을 본 그 후였다.

닮고 싶은 사람

내가 사랑하는 그는

큰 눈과 넓은 마음 깊은 생각

남들보다 많은 것을 보고 느끼며

가슴에 담고 나의 증인으로 남기를 바라며.

따뜻함을 알고

공기와 계절이 바뀌는 것을 알며

상대의 낮은 숨도 볼 줄 알기를.

그대,

나를 어떻게 기억하시나요.

어른의 사랑

우리는 성숙한 사랑을 하고 있다.

사랑은 넘치기 마련,

그것은 비겁한 변명.

To. 술 안 먹는 너에게

새벽에 나한테 전화해도 된단 말이다.

여행

나는 여기저기 다니며

너를 떼어내 두고

또 저기 떼어내 두고 오고 있다.

여기저기 사방팔방

존재하는 것 같겠지만

이렇게 찢어놔야

조금씩 기억하고

조금씩 아플 것 같아서.

가짜 사랑

그게 진짜면
나한테 이럴 수는 없지.
그럴 줄 알았어.

앙꼬 없는 호빵.
속 없는 만두.
치즈 없는 피자.
케첩 안 뿌린 핫도그.
달걀 없는 오므라이스.
팥 없는 붕어빵.
알콜 없는 술.

속없는 나.

친구들과

오빠 얘기밖에 할 게 없네.

오빠를 나눠 가지고 있다.

이 사람들이랑.

파랗고 파란

종일 서로 마주 보고 누워
노을이 땅속으로 태양을 밀어 넣고
파란 저녁이 밀려올 때

그 하얀 유리알에
검게 찍힌 점 사이로
내가 보이지 않는다.

들이쉬는 숨에 이 밤을 끌어올까
내뱉는 숨에 네가 밀려날까
숨도 못 쉬겠다.

파랗고 파란 너를 보고 있자니
바닷물이 찔끔 우주에서 별이 뚝.

흔들리는 너를 보고 있자니
견딜 수 없는 파란 저녁.

어둠이 스미는 건지
네 한숨에 밀려난 건지
넌 어디에도 없다.

견딜 수 없는 파란 저녁
시작과 끝의 아주 잠깐의 파란.

남이 아닌 님으로

피가 섞이지 않은 가족이 있었으면 좋겠다.

맘을 풀고, 살을 붙이고
하루의 슬픔과 고단함을
잠들기 전 손을 포개어
녹일 수 있었으면 좋겠다.

내가 끌려가면 당겨주고
주저앉으면 붙들어주고
등 돌려도 여기 있겠다며
그 어떤 말에도 안심하게 해주고

내 맘이 나갔다 들어와도 당연하게

그 자리에 피고 누울 수 있었으면 좋겠다.

내가 발버둥치는 것이
그 자리의 부재의 불안함이라는 것을
그 한 사람만큼은 확신했으면 좋겠다.

내가 지금 밟고 있는 땅 같은 너였으면 좋겠다.

사랑이라 이름 붙이지 않아도
피가 섞이지 않은 가족이 있었으면 좋겠다.
나는 외롭지 않다.

다만, 두려운 것 같다.

애매한 벗

그 얼마나 우연 같은 필연으로 너의 눈이 가는 곳에 나는 얼마나 많은 나를 두려고 했었나. 무엇도 믿지 못하고 흐르는 시간마저 의심해 넋 놓고 앉아 시간을 세다가 얼마나 수많은 계절을 놓쳤나. 숨을 쉬고 사는 것마저 얼마나 멀리 밀려간다고 한숨 한번 제대로 뱉지 못하고 애달프게 살았나. 내 책장 한 켠 어딘가에 낙엽 한 장 잘 말려있는데 누가 보아도 낙엽이지만 만지면 부서질까 눈으로만 쓰다듬어 확인하는, 언제부터가 계절의 시작이라고 자신 있고 가볍게 말할 수는 없나.

너도 모르고 나도 모르게 너만 알고 나만 아는 그 뒤섞인 애매모호함. 환절기, 그런 것. 또는 왼쪽에서 오른쪽으로 옮겨져 가는 명확한 순간이 오는지. 그래도 가끔은 감기에 걸려 아프기도 해야 모든 게 빠져나간 공허함이나 믿고 살던 모든 것을 잃거나 내가 꽉 움켜쥐고 있던 것을 빼앗겼을 때 마지막 하나 그 어렴풋한 것이라도 붙들고 울 수라도 있지 않을까. 위안이라도 삼지 않을까.

그러니까, 내 말은 왼손 주먹에 쥐고 있는 이것을 버리지는 못 하겠다는 말이다. 때로는 그 불필요한 것이 내 벗이 되어줄지 누가 아나.

Part 2
그때의 나는 참 예뻤는데

시간이 밉다.

너무 많은 것을 바꿔 놓았네.

내가 사랑하던 카페도 사라지고

너무 많은 것이 달라졌네.

실화

너는 왔고 나는 웃고
네가 갔고 나는 울고

네가 또 왔고 나는 웃다
너는 갔고 나는 울다

네가 또다시 왔고
나는 웃다 나는 미쳐

우리 빼고
모든 것이 갔네
영원히 갔네

사랑

그 찬란함은 두 손 가득 쥐었다가도
어느새 손가락 사이로 새어버리고
절대 같지 않다. 같을 수 없다.

백번을 쏟고 발끝까지 담가도
스치고 지나가는 찰나보다 못하고
메워지지 않는 구멍에 찬 바람만 불어댈 뿐.

남는 거라고는
그저 기억 속의 향기라든지
그저 방법 없는 그리움이라든지
이런 것만 묻어 있다.

애매모호

태도의 불분명은 결국,

사고,

사망.

삿포로에서

삿포로에서는

종일 내가 너에게 걸어가도

자욱 하나 없을 일이다.

밤새 내가 너에게 걸어가도

흔적 하나 없을 일이다.

오도카니 서 있으면

나조차 없어질 일이다.

넋 놓고 있다 보면

다 없던 일이다.

어쩔 수 없음

이 순간이 구멍 나 사라진다 해도
그래서 눈물로 곱씹는다 해도

위태로운 나를
그런 눈으로 보면
오늘, 지금의 너는
반하지 않을 수가 없구나.

나는 이 시간을 만지고
또 닳도록 만지고 만지느라
몇 날 며칠을 쓰겠지.

단발하던 날

삼 년을 잘랐다.

너는 보았고 들었고

모두 안다.

안녕.

예쁜 카페에서

시간이 밉다.

너무 많은 것을 바꿔 놓았네.

내가 사랑하던 카페도 사라지고

너무 많은 것이 달라졌네.

너랑 꼭 가고 싶었는데

꼭 너랑 오고 싶었는데

도란도란.

님도 아니고 남도 아닌

"나를 너무나도 잘 아는 남이 있다는 게
얼마나 이상한 일이야."

라고 말했다.

슬픈 음악이 흘러나왔고,
잠시 모두 말이 없었다.

헤어지자는 말에

그래서 울었다.

너를 사랑해서가 아니라

우리의 시간이 끝난 게 슬퍼서 울었다.

내가 아름답던 그 시절이

지나간 게 아파서 울었다.

부탁

완성된 시간들은

다 어디로 간 것일까.

사포 같은 시간아

반죽 같은 마음아

제발 닳디 닳아

알아볼 수도 없게

앗아가진 말아다오.

혹시 쪼개진 순간,

모두 허상 아닌가?

일렁거리다가 울렁거린다

겨울에 꺼내든 그리움에서는 약간의 눅눅하고 퀴퀴한 냄새가 난다. 오래된 스웨터에서 작년에 뿌려둔 향수 향기가 미세하게 나듯이 크리스마스 냄새란 것이 있다면, 그 냄새도 약간 나는 것 같고. 바람이 차고 눈이 시려서 살짝 글썽이는 정도지, 막 후두둑 왈칵 눈물이 쏟아지는 것은 아니다. 울 때 순간 따뜻하긴 한데, 울고 나면 손이 더 시리고 얼굴도 다 트더라.

그때, 나는 참 예뻤다. 또 올까, 그런 사랑. 그를 기다리고 그를 만나러 가는 시간이 가슴 뛰고 설레는 그 순간이, 기쁨과 행복이 턱 끝까지 차던 순간이 또 올까. 그때의 나는 참 예뻤는데.

당신, 나는 기억해 주실는지. 이것이 내 마지막 위안이다.

전 남자친구 SNS

너무 살이 쪄도 얄밉고

너무 야위어도 걱정이고

이래도 저래도 문제

내가 무슨 자격으로.

습관이자 버릇

정말 아무렇지 않게

그에게 메시지를 적어

전송 버튼을 누르려다

멈춘 적이 있다.

무엇에 홀려 그러는지

마치 어제 본 사람처럼

나도 모르게….

솔직히

나는 네가 여기 없는 이유를 모르겠다.

우리가 함께하지 못한 날

당신은 2012년 10월 20일 말고,

날 좋은 가을이 또 언제 올 거라고 생각하세요?

아름다운 순간을

또 언제 만날 수 있다고 생각하세요?

나는 목 놓아 울었습니다.

이것도 힘이 없다면

함께 여행했던
잘 다져진 견고한 시간들이
아무것도 아닌 것이 되어 버린 게
참으로 쓸쓸했다.

이것도 아니라면
무엇을 믿어야 할까.

4월 7일

생일이다.

매년 함께 축하하던 생일을

덤덤히 혼자 보내려니

생각처럼 쉽지는 않다.

초를 켜주고

다정하게 초를 끄라던

나지막한 웃음소리도

몇 자 안 되지만,

진심으로 눌러 적은 흔적.

너랑 닮은 반듯한 글씨체.

마지막은 늘 사랑해.

어떤 선물보다도
그 시간들을 함께
채워주려 했던 맘이
새삼 귀하고 고맙다.

너무나도 당연하게
또는 요란스럽지도
또 대단하거나 특별하지도 않게,
그렇게 곁에서 시간을 내주었다.

고요하다.
이제는 혼자다.

생일은 원래 나의 기념일인데
왜 우리의 기념일이 된 건지.

암호

마음이 엉망인데

표현할 길이 없네.

누더긴데 주워 붙일 여력이 없네.

판화처럼 가져다 찍어도

방향이 반대일까.

해석이나 될지 모르겠네.

도대체 이게 뭘까.

구멍 뚫린 시간

엄청난 하늘을 함께 했고

뜨겁고도 차가운 기억이 함께 있다.

그렇지만 그저 지나가는 시간이었고

증발하는 순간이었다.

무엇하랴.

꽃을 피운들 무엇하랴.

이렇게 구멍 뚫린 시간뿐인 것을.

아무것도 남지 않는다.

악착같이 사랑했지만,

그럴수록 그 조각 하나 남지 않는 것을.

밤

이 말캉말캉하고 도톰한 어둠을 잘라서
반찬통에 따닥따닥 담아놓고 싶다.

한낮에 울컥하거나
눈물이 나고 슬플 때면
꺼내어 한 입 베어 먹고

가슴을 두드리며
꼭꼭 씹어 또 한입 베어 먹어
금세 적막과 고요함 속에 숨어버릴 수 있게.

텅 비었거나 혹은 두께를 가늠할 수 없는
이 밤을 잘 잘라서 간직하고 싶구나.

도토리묵처럼
똑 떼어서 안고 자도 되겠다.
아님 베고 자도 좋겠다.

지금 비가 많이 내려서 그런지

파랗게 물이 빠지고 있다.

시꺼먼 이 물 어디로 흘러가려나

페트병에 잘 담아 놓았다가 마시고 싶다.

구차한 내 맘 들켰을 때 마실 수 없을까.

얄팍하게 물 빠진 파란 새벽하늘을 보니,

눈물 젖어 구멍 나 버린 네 마음과도 같아라.

다 내 탓이다.

지금 밤이 절실하다.

귀걸이

텅 빈 방에

귀걸이 한 짝만 달을 맞고 있었다.

귀걸이 한 짝은 모두 보았다.

모든 것을 챙겨서

이 공간을 떠나는 모습을.

그리고 우리는 분명

아주 잠시지만 눈이 마주쳤었다.

고비

가장 심각한 사건은

마음을 다 써버린 일이다.

가장 슬픈 사건은

그 시간의 증인이 되어주지 못한 일이다.

꽃들은 기다려 주질 않는데 말이다.

너와 같은 시간을 살았음에도 불구하고.

겁나 울었다

양말 한 짝 잃어버렸을 뿐인데 겁나 울었다.

좁은 내 방에서 사라진 거라 더 울었다.

신으려고 고이 빨아 널어놓은 거라 더 울었다.

한 짝만 사라진 거라 더 울었다.

새로 사 신으라는 엄마 말에 더 울었다.

포기했을 때 불쑥 나타날 것 같아 더 울었다.

한두 번이든 주구장창이든 신던 거라 더 울었다.

내 것 하나 못 지키는 멍청이 같아서 더 울었다.

어쩌면 내가 잃어버린 게 아니라,

제 발로 떠난 거 같아 더 울었다.

양말 한 짝이 세상인 마냥 겁나 울었다.

그의 마음

나 실크 같이 부들부들 보드라운
그 마음 위를 맨발로 걸었어요.
발가락으로 꼼지락거리며 걸었어요.

촉촉한 그 마음 위를 신발은 벗고
양말도 벗어 던지고 맨발로 걸었어요.

지금은
깔끄러운 자갈밭을 걸어요.

양말도 없고 신발도 없이
울퉁불퉁한 모난 마음을
맨발로 걸어요.

아파. 뛸까요?
뛰어야 할까 봐요.
뛸게요.

바람

내가 마음이 변한 널 두고 골머리 썩는 거, 그거 있잖아. 뭐 지금 당장 네가 사라지는 게 막막하고 까마득한 것도 있는데 말이야. 것보다 우리 추억은 건져야 할 것 아니니. 아니지, 내 추억은 구해야 하는 거 아니니.

어디부터 어디까지가 진짜였고 어디서부터가 그 알량하고 역겨운 구라였냐는 말이야. 나는 그걸 구분하느라 온통 정신이 빼앗겼단 말이지. 단 몇 개라도 건져놔야 내가 좀 덜 억울하고 내가 좀 덜 비참하고 덜 허무하지 않겠니.

내가 거기에 쏟은 시간이 얼마고 쏟은 마음이 얼마인데,

뭐 떨이라도 하나 없으면 나 너무 아쉽잖아. 변한 건 좋다 이거야. 근데, 우리보다 더 좋았다고는 하지 말아라. 인정해라, 우리 시간. 그렇게 다 빼앗아가진 말아라. 남겨 둬라, 그 시간.

새벽 2시 치킨

남은 치킨을 보면서
아무리 열심히 먹어도
다 먹지 못하고
혼자 몇 개 먹지도 못할 거면서.

같이 있었으면 많이도 먹었겠지.
열심히도 먹었겠지.

웃다가, 떠들다가
중간에 콜라를 나눠 마시며
한 모금만 남겨 달라 칭얼대다가
입을 닦아주고

그러다 입 한 번 맞추고
너무 맛있는 치킨을 먹다가
고개 돌려 우연히 너의 얼굴 보다가

밀려오는 행복감에

그 시간을 도장 찍듯

무심히 또는 너무 당연히

자연스럽게 입을 맞추고

그리고 또

버릇처럼 들릴 듯 말 듯

사랑한다고 속삭였겠지.

사랑한단 말, 행복하단 말.

오기로라도 다 먹어보려고 했는데….

전에 쓰던 휴대폰

자그마한 휴대폰, 그 액정 안에 갇힌 우리
영원히 지울 수도 있었어.

어둠 속 우주 같은 블랙홀
그 어딘가로 떠돌아다니게
보낼 수도 있지만,

나와라, 사랑해 이 세 글자.
들려라, 사랑해 이 세 글자.

세상에서 가장 아름다운 미소와
네가 좋아하던 찡긋하는 나의 콧등.

우리가 멈춰있다.
우리가 여기 멈춰있어.

나와라, 거기서 나와라.

자연스러운 일

생각보다 우리의 봄은 몇 번 없었다.

정말 아무 일도 없었다는 듯이
똑같이 꽃이 피고 바람은 부는데

내가 네 생각을 하지 않는 일이
너무나도 자연스럽기는 처음.

이사

이사를 해야 하는데

이 공간의 이야기를 추려서

나가야 하는데

정리를 해야 하는데

그것들을 마주했을 때

나는 울까, 웃을까.

울지 않고 담담히

잘 추슬러 떠날 수 있기를 기도해 본다.

이 공간에 어떤 먼지에는

너의 머리카락

이 공간 어떤 옷에는

너의 냄새

그리고 어떤 서랍에는

너의 마음

또 어떤 신발장에는

잔뜩 삐진 나를 위로하러 달려 온

운동화 한 켤레와 그 옆에 있던 만두.

다 식은 만두.

그 검은 비닐 봉지를

털레털레 들고 왔을 그 마음.

망각

모르겠다.

어떤 일이 있었는지.

나는 지금 울고 있는데

무엇 때문에 슬픈지 잘 모르겠다.

분명 너와 무슨 일이 있었던 것 같은데

나는 왜 이리 서글프게 울고 있는 것인지.

그때 너의 마지막 말이 잘 기억나지 않는다.

하지만 아팠던 것은 분명한데

그때 그 마지막이 기억나질 않는다.

그래서 내가 너를 보지 못하는 이유를

나는 아직도 잘 알지 못하겠는데

왜 내가 너의 손을 잡지 못하고
안을 수가 없는지
나는 사실 잘 이해가 가지 않는다.

우리는 그때 무슨 일이 있었던 건지
이유가 뭐였는지.

내가 너를 만질 수 없게 된,
엄청나고 커다란 이유가 대체 뭐였었나.

나는 지금도 너를 많이 사랑하는데 말이다.

쏟아냅니다

내 진짜 마음을 모르는

너 때문에 쏟아냅니다.

다 토하렵니다.

가슴 아픈 것은 뱉고 보니 더러운 것.

이렇게 따뜻한데.

지독

울며 뛰어가는 나를

손가락질하며 가르키던 가로등들

나를 바닥에 뱉어내고

소리 지르던 거대한 버스들

아무리 달려 봐도 갈 곳이 없다.

나에게 고통을 주고 구경이라도 하듯

나는 얼마든지 견뎌낼 거라고

나는 그렇게 강한 사람이 아니다.

누구는 누구 없이 살 수 없고

며칠을 끙끙 앓아누울까 노심초사

왜 나는 아프지 않을 거라,

너는.

사연 있는 바람

그대 냄새나는 바람이 불면
나 그 바람 따라 도망가련다.

저 기억 속에 처박혀버린
우리 사랑한,
세상 꼭대기에 있던 그 순간으로.

비록,
내 것이었던 그 시간은 아무런 힘이 없고

남은 것이라고는 고작
앨범 한 권 채울 정도의 추억뿐이지만,
그것도 무겁다고 짓눌린 심장이 요동친다.

울음은 참지 말라.
눈물은 비우고 시간으로 채우면
가슴을 울리는 이 두드림도 약해질 터.

우리 냄새나는 바람아,
내 뺨 한번 닦아주고 나를 데려가다오.

벅차는 계절의 황금기를 함께 했으니,
두고두고 그 향기에 시달릴 것이다.

너에게는
단지 널 뚫고 가는 바람일지 몰라도
나는 자꾸 내 등을 밀친다.

세 글자

그 세 글자를 부수고 부숴서
입안에 쑤셔 넣고
오물오물 씹어도 보고
꿀떡꿀떡 삼켜본다.

날카롭고 뾰족한 그 이름이
내 위 천장을 찌르고
뚫어 버릴지도 모르는 일인데,

눈으로 보고 있자면
더 이상 너무 낯설어
잘근잘근 씹어라도 봐야
맛을 알겠다. 내가.

소화도 안 되는 더부룩한 속을 안고
트림만 꺼억꺼억 냄새 한번 고약하다.

몇 날 며칠 눈물에

구역질을 해댈 걸 알면서도

그 이름 세 글자를 입으로 쑤셔 넣는다.

부를 수도 없는 그 이름

ㅓㅡㅓㄴ ㅣㅡ ㄴ ㅁㅇ

이렇게 부숴서

ㅂ ㅗ ㄱ ㅗ ㅅ ㅣ ㅍ ㄷ ㅏ

이 네 글자도 함께.

혼자

조금 슬펐다고 말하면 거짓말일까. 지금 생각해보니 아주 조금 슬펐던 것 같아서. 기억의 찌꺼기를 찾아 악착같이 움켜쥐려 했던 내 모습이 바보 같기만 한데. 당장은 내 심장이 자이로드롭을 타듯 발끝까지 떨어지기를 몇십 번. 숨조차 못 쉬게 오르락내리락 찬바람이 스쳐댔는데.

바위가 갈라지듯 아픈 것에 비해 기억나지 않는 우리 추억이 이상하기만 하고, 긁고 긁어도 남지 않는 기억이 아쉽기만 했다. 시간과 다른 사랑이 열심히 지워댈 나의 존재가 불공평하고 억울할 줄만 알았었는데, 우리 처음 만난 날이 기억나지 않고 우리 마지막 이별이 기억나지 않아.

날 보던 눈빛으로 그녈 바라봐도, 내가 기대던 넓은 어깨로 그녈 안아줘도 나 괜찮다. 지금 생각해보니 아주 조금 아팠던 것 같아서. 따끔, 요정도 아팠던 것 같아서. 괜한 엄살이었나 싶기도 하고 그 당장 못난 마음에 싹 쓸어버릴 뻔한 기억 벅벅 긁어 부스럼 하나 없던 그 추억이 몇 년 며칠 곳곳에 숨어 때때로 아리고 따뜻하고.

고맙게도 그래.

눈 내리던 날

내 손이 이렇게 찬데,

지금 그댄 어디서 무얼 하나요.

꽁꽁 언 손으로 그대 번호를 눌러봐요.

손이 저려 잘못 누르는 건지,

기억이 희미해진 건지.

숫자 몇 개를 외우려

매일을 중얼거렸었는데

자꾸 없는 번호래요.

눈이 아주 많이 왔다고 어서 알려줘야 하는데

돌아오는 길 잃어버리면 나는 어떡하나요.

자꾸만 내리는 눈이

그대 발자국을 덮는데 나는 어떡하나요.

차가운 당신 때문에 눈이 녹지를 않잖아요.

길이 생기지를 않잖아요. 나는 어떡하나요.

얼마나 울어야 눈이 녹을까요.

얼마나 울어야 길이 생길까요.

얼마나 울어야 내가 보일까요.

그는 그녀를 사랑하지 않으니까요

한 여자가

손이 시려 두 손을 비비고 있다.

이 별에서

이렇게 별안간

이렇게 먼 별로 떠나실 거면서

이렇게 별것 아닌 사이가 될 거면서

왜 그대 내 마음 다 퍼가셨소.

이리 멀고도 먼 저 별로

가깝고도 먼 이 두 별 사이

나는 아름다운 이 별에서.

거꾸로 매달린 꽃다발

거꾸로 매달려 있는
장미 다발이 보인다.

바래고 마르고
물기 없고 생기 없이 바삭하니

살짝만 건드려도 부서지고
조금만 만져도 떨어지고
향도 없고 이쁘지도 않고
지저분하고 볼품없이
저렇게 일 년째 매달려 있다.

나도 까맣게 잊고 있었다.

언제부터 저기에 저 상태로 매달려 있었는지

언제까지 저런 곳에 저런 상태로 매달려 있을지.

버려지기를 기다리며.

내 심장 가장 가까이

팔 안 가득 안겼던 때가

가장 아름다웠었는데.

비틀

달이 움찔

가로등이 흔들

쿵. 쿵. 쿵.

내 마음이 비틀

바람은 불지 않았다.

비공개 하소연

너의 모든 말은

시리도록 날 닮았다.

아니라고 부인해 봐도

너무나도 똑 닮았다.

나를 부르는 건지

그저 우연인 건지

그 어떤 것이라도

우린 운명이 맞다.

나 혼자 오해하고 있다고 해도 좋다.

내 맘은 분명 그때가 마지막이 아니었으니까.

사진 한 장 남기지 못한

기록 없는 사건이지만,

나는 너를 바람이라 부르고 싶지 않다. 절대.

어느 9월의 가을

오른손은 따뜻한데
왼손은 시렸던 그 날.

너의 왼쪽 가슴이 뚫려
바람이 부는 줄도 모르고
그 구멍을 내가 낸 줄도 모르고

멍청하게도 나는 널 보며
마냥 울기만 했었다.

나는 작년의 네가 그립다며
너는 작년의 그가 그립냐며

서로 다른 너를 시샘하며
서로의 낯빛을 가늠할 수 없는
주홍빛 가로등 그 아래서

그저 조금 쌀쌀한 바람 탓에
검은 눈동자가 흔들리는 줄로만 알았다.

버스럭버스럭
미련과 욕심을 밟고 있었으니
모든 것을 체념한 가을을
우린 배워야 했다.

결국, 새 꽃은 피지 못하고
그다음 봄은 오지 않았다.

사실 나는,
그저 그 한마디면 됐는데.

티백

향기로운 티백 하나에 물을 부어
뜨거워 호 불어 한 모금을 마시고

그 한 잔이 아까워 머뭇거리다
다 식어 빠진 한 모금을 또 마시고

이 맛이 아니야
눈물로 우려서
또 한 모금을 마시고

우리고 또 우리다
나중에 맹물만 마시고

결국 내던져 버린 티백은
언젠가 비가 아주 많이 내리던 날
우리고 또 우려져

그 미미한 향긋함에

내 가슴이 저민다.

그저 잠시 지나가는 소나기가

두 눈에 내리기도 한다면

그래,

그것으로 나는 행복하다.

다만, 괴로운 것은

기억나지도 잊히지도 않는 티백의 향이다.

얼마나 더 우려야 할까.

사랑하기 때문에

무엇도 흔들지 못하는
바람이 부는 걸 아는 당신이
내 어찌 무섭지 않을 수 있을까.
내 삶을 집어삼키는 그대가
내 어찌 두렵지 않을 수 있을까.

나의 고백은 그대의 마음을 갉아먹고
나의 표현은 진부한 언어들로만 구성되어 있으니

당신의 심장에 내리꽂히고
그 틈으로 따뜻한 피가 새어 나올
뾰족하지 않은 그런 단어는 없을까.

때로는 그대를 울리고 싶고
때로는 그대의 눈물이 보고 싶소.

어쩌다 메마르면 그 눈물로

침이라도 한번 삼키게.

그대의 고백은 모두 거짓말 같고

그대의 언어는 모두 아프리카어요.

그대 눈을 바라보고 있자니

칠흑 같이 어두워 멍해지고

고개를 돌려 하늘을 보자니

그 얼굴이 기억나지 않소.

겨울이 왔다가 가을이 오고

가을이 왔다가 봄이 오기도

이리 계절도 헤매는데

나는 일찌감치 길을 잃었소.

사실

나는 일찌감치 죽었소.

끝

그 이상의 사랑이 없었기 때문에.

나는 더 이상 그 이야기를 이어 나갈 수 없게 되었다. 나는 그 이상의 사랑이 없었기 때문에 더 이상 사랑 타령 또한 할 수 없게 되었다. 미칠 듯이 공허한 이 마음이 무엇인지 고민해 보니 더 이상의 사랑이 없어 나는 이 이야기를 더 해나갈 수 없게 되었다.

정말 가슴 아픈 건 나는, 시간에게 졌다. 아무 맛도 기억해내지 못한다는 것. 더 이상 손에 잡히지 않아 추억할 수 없는 때가 되었다는 그 소식을 전한다. 다시 한번 뜨거운 이야기를 전할 수 있기를 바란다.

악착같이 쥐고 있어도 나는 시간 앞에 아무런 힘이 없다는 것.

나는 어떤 추억과 또 어떤 기대로 미소 지어야 할지. 반쪽짜리 마음도 이상 끝. 존재조차 불투명한 안개보다 희뿌연 꿈 같았던, 그 기록되지 않은 역사여.

부질없는 역사여.

벚꽃

너는 진짜일까 가짜일까.

가짜가 아닐까.

말도 안 되는 아름다움

믿어지지 않는 광경

온다 온다 오겠다 하더니

어느새 왔다가

간다 간다 가겠다 하지 않고

사라져 버리나.

내 뜨거운 시선을 못 견디어

자꾸만 미루는 내 발길을 못 견디어

들끓는 그 맘은 못 견디어 사방으로 날렸나.

내가 사랑한 너는 이 봄 안에 있고

내가 사랑했던 너는 저 여름 안에도 있다.

같은 너지만

또 다른 너.

당신이 아름다울 수 있는 건

졌기 때문에, 축제였기 때문에.

나는 당신을 놓치고

또, 당신을 기다리기 때문에.

조금씩 짧아지는 봄 안에서

바람에 날리는 꽃잎을 안타까워하네.

당신이 아름다울 수 있는 건

이미 지나갔기 때문에.

내가 기억하는 당신은

오직 그 봄에 말도 안 되는 아름다움.

비에 씻겨

나는 내일이라도
당장 죽을 것처럼
귀를 막고 눈을 감고 있는
사람들에게

뜬금없는 감사와
사랑을 표현해대고
기겁을 하며 몸을 뒤로 젖히는
사람들에게

억지로 내 갈비 안쪽
여기 좀 만져보라고 들이댔다.

비가 이리도 내리니
내가 자꾸 묽어지는 것 같아서,
아직 살아있다고 확인하고 싶어서.

일렁이는 유리를 보며
이 정도 비면
너도 떠내려 갈 거라는 생각을 했다.

이렇게 내리다 보면
내가 사라지든지,
네가 사라지든지.

사과

옛날에 네가 눈 밟자고,

정말 많이 다툰 날

집 앞으로 나오라고

눈 밟자고.

그 핑계로 얼굴 한 번 더 보려고

눈 밟자고.

별것도 아닌데

그냥 같이 눈이나 밟자고.

눈 내리면 참 많이 보고 싶다.

우리, 눈 밟자.

남은 건지 버린 건지

가슴에 독 하나씩 묻고 산다.

그 뚜껑 열어둬야 향도 날아가고
바짝 말라비틀어질 텐데.

받은 마음 별로 무겁지도 아니할 줄 알았건만
무엇을 이리 한아름 안기고 갔는지.

긴머리

이 시간을 버릴 필요 없다.

그냥 내버려 두어도 무겁지 않고

돌돌 묶어 숨겨도 된다.

나도 언젠가 마음을 덜어내듯

그와의 시간을 잘라낸 적이 있었다.

자꾸만 바닥으로 떨어지는 고개와 눈물이

이 검은 추억에 짓눌려서일까 싶어

견딜 수 없던 때.

그리고 조금은

모두 버릴 테니, 다시 시작하자는

무언의 호소이기도 했었다.

아니면,

다 끝났다는 마음에도 없는

비참한 표현이기도 했었다.

긴 머리.

지금은 이 기억이

그리 무겁지 않은 걸 보니

버릴 필요 없는 걸 보니

너는,

아무것도 아니었나 보다.

미성숙자의 일기

나도 비스름한 것을
가지고 있는 것 같으나

그래도 네가 더 훌륭한 추억을
가지고 있는 것 같아
샘나고 부러워 눈물이 났다.

그래도 그 별 볼 일 없는 것 중에
그 순간만큼은 제법 멋졌었다고 말해주고 싶다.

내 삶을 온통 홀리기 충분할 정도로
나도 누군가 건들면 아프고 웃음도 나는
어딘가에서는 아름다운 한철이었음을.

옛 남자친구의 결혼식

이제는 친구들이 옛 남자친구 결혼식 날에도
술을 마시네요. 옛날에 나 통닭 많이 사줬었는데.
괜히 나도 이상하네요. 나도 마셔야겠어요.

옛 남자친구가 결혼하던 날,
난 축배를 들며 그 여자의 인생을 애도했어요.
나 대신 똥통으로 기어들어 가는 그녀에게,
고맙다는 구차하고 찌질한 변명과 함께.

님이라기에는 너무 멀고
남이라기에는 너무 가까운

이걸 뭐라고 불러야 하나.
헤어진 후에도
점점 진화하는 감정들이 신기할 따름.

미련을 먹고 자라는 나무

미련을 먹고 자라는 나무가 있다.

그녀의 눈길 한 번에
일 년을 살고 이 년을 살고
삼 년을 버틸 수 있다.

한 번 보고 두 번 볼수록
넓고 높게 가지를 뻗고 자란다.

동쪽에서 서쪽으로 알짱거리는
태양도 가려버린다.

비도 내리지 않았는데
땅으로 번지는 그늘 안에서
달려 봐도 소용없다.

그림자 안에서

한발을 나갈 수 없다.

잘도 자란다.

미련을 먹고 자라는 나무가 있다.

곰 인형

며칠 전, 길가 전봇대에 아주 하얀 곰 한 마리가 기대어 있었다. 그 옛날 그 높은 곳 팔각정에 버리고 온 곰 인형 하나가 생각났다.

"쟤 데려갈까?"

"좋은 사람 만나라고 그냥 내버려 둬."

친구가 말했다. 그리고 얼마 뒤 친척 집에서 예기치 못한 만남이 있었다. 노란색인지 황토색인지도 모를 정도로 허름하고 꾀죄죄한 곰돌이 푸 인형이 있었다. 이게 뭔가 싶어 바라보고 있는 내게 친척 동생이 말했다.

"언니, 이거 언니가 준거잖아. 나 가지라고."

아. 설마. 정말. 기억났다. 나는 인형을 좋아하지 않는다. 근데 그 팔각정에 놓고 온 곰 인형을 선물 받은 날 그는 나의 표정이 꽤 사랑스러웠던 모양이다. 종종 나에게 곰 인형을 선물하고 또는 부드럽다며 안고 자라고, 잠 못 드는 나에게 자신의 분신 같은 거라고 의미부여를 하기도 했다. 그리고 그를 나는 곰돌이라고 부르기도 했다.

이별 후, 그 물건들을 버리면 실제로 기억도 함께 버려지는 건 줄 알았다. 솔직히 버리지는 못하고 함께 갔던 장소에 다시가 놓고 오고 두고 오고 그랬다. 그렇게 좋은 사람에게 보내었던 나의 곰 인형을 이렇게도 다시 만나는구나. 좋은 사람에게 보냈던 건데. 많이 변해서 못 알아 볼 뻔했네. 너도 많이 변했으려나.

처분

여자는

어두운 다리 아래에서 모두 태웠다.

사실 힘겹게 예매했던 첫 3D 영화 티켓은

잉크가 모두 날아가고 종이만 남은 상태였다.

스티커 사진은 몇 번을 집었다 놓았다를

반복하다가 결국 반쪽만 오려내 버렸다.

그리고는 다시 망설이다가

혼자인 것이 미워서 함께 태워 버렸다.

폴라로이드 사진은 여자와 남자의 얼굴이

잘도 우그러지며 함께 녹아 없어졌다.

여자는 목걸이를 팔았다.

몇 년의 값어치가 23,000원 같아서 더 씁쓸했다.

마음의 무게가 빠지고

남은 대가라고 생각하며 위안했다.

내가 TV에 나오는 이유

내가 열심히 일해야
네가 아플 텐데,

내가 끊임없이 보이고
내 이름이 여기저기 들려야
너를 조금은 흔들 텐데,

흔들지 못한다 해도
그래야 내가 네 맘을
조금은 움직일 수라도 있을 텐데.

일해야지.
나 잘 살고 있다고.

진심

고이 물든 내 마음 다 털어놨더니
너는 바스락 그걸 밟고 지나가냐.

나무는 계절을 원망해야 하나
바람을 원망해야 하나.

아니면,
자신을 원망해야 하나.

떠난 너에게

빌고 또 빌었다.

나는 너무너무 행복한데

너는 불행하기를

먼지 쌓인 침대에서

혼자 웅크리고 잠이 들다

텅 빈 냉장고를 열어

차가운 밥을 먹고

비 내리는 날에는

외로움에, 그리움에

바들바들 떨면서

눈물짓기를 바란다.

후회와 자책에
머리를 쥐어뜯고
자신을 한심히 여기며
어떤 의욕도 세상 제일 밝은 웃음도
잃고 살기를 바란다.

한 번뿐인 인생을 원망하고
한 번뿐인 기회를 탓하며

다시는 너에게
그 어떤 사랑의 기회도 없기를 바란다.

그 어떤….

기도

저에게

일말의 미련도 없이

뒤도 안 돌아보고

걸어갈 수 있는 용기를 주세요.

그런 담대함을 주세요.

띄우지 못하는 편지

갑자기 소나기가 내려
카페로 몸을 피했다.

내게 떨어지지 못하고
나를 적시지 못한 슬픔들이
창에 맺혀 나를 향해
바라보고 있는 것 같았다.

눈물도 그저 아른거리기만,
갑자기 그의 노래가 흘러나온다.

나는 그대로인지 변했는지
별에게 전해 듣든지 말든지.

남산타워

수많은 약속 중에

우리의 약속도 함께했다.

자물쇠에

함께 찍은 폴라로이드 사진을 걸어

굳게 잠근 뒤, 열쇠는 철창 밖으로 던져버렸다.

풀 수 없는 자물쇠 하나로

묘하게 나의 마음도 굳건해진다.

그곳에 묶이고 잠긴 시간들이 영원할 것처럼.

빠지지 않을 반지처럼

바래지 않을 사진처럼

마르지 않을 잉크처럼

아쉽게도 다시 찾았을 땐 없었다.

그 벽이 철거해서 옮겨졌는지

아니면 절단되어 버려진 건지

도대체 무슨 일이 있었던 건지.

찌질한 이야기

찌질한 얘기 좀 해 볼까 하는데.

왜 항상 너희 집 앞에서 기다릴 때는 그렇게 추운 겨울이었을까. 집 앞에서 창문에 불 켜지나 바라보다가 주차장 보도블록에 앉아 있다가 경비아저씨 눈치 보여 올라갔다가 계단 앞에 쪼그리고 앉아 있다가. 어쩌면 마주치지 못할까 봐 현관 앞에 웅크리고 앉아 있다가 귀 시려서 모자도 쓰고 전단지 깔고 잠도 청해보고 시간이 너무 안 가 대본도 외워보다가 옆집 사람한테 오해 살까 봐 아무렇지 않은 척 일어났다가. 다시 앉아 에라 모르겠다. 그래 봐라. 자포자기로 엎드려 있다가.

"너무 추워…."

불쌍한 척 문자도 보내보고 그래, 네가 날 그렇게 사랑했음 최소한의 정이라도 있겠지. 날 얼려 죽일까 싶다가 아, 얼려 죽이려는 구나. 나 지금 뭐하는 짓인가. 갑자기 정신이 번쩍 들고 집에 계신 엄마가 생각나고 나 이러라고 애지중지 키워주신 거 아닌데.

종이에 내 맘 몇 자 적어 문틈에 끼워 놓고 돌아섰다가 다시 와서는 벅벅 찢어버리고 결국 집으로 돌아왔다. 그 와중에 별은 쏟아질 듯한데 손은 시뻘게서 휴대폰조차 제대로 못 누르고 코는 흐르는데 휴지는 없지, 소매에 대충 닦다가 감기나 걸려서 죽어버렸으면 좋겠다, 싶었는데 다음 날 너무나도 멀쩡한 내가. 아. 덜 아팠구나, 내가. 그래 이 정도 이별, 내 인생에서 뭐 얼마나 대단하다고. 단지 난, 합의하에 시작한 우리 관계에서 혼자 발 빼는 게 너무 얄밉고 화가 났던 거다.

끝까지 가고 보는 나의 깨달음이 뒤도 안 돌아보는 원동력이 되었지만, 정말 미치도록 추웠던 그 겨울들이 고맙다.

그러니까, 너무 사랑해서 그런 거 아니니까. 네가 없을 앞으로의 내 시간을 위해서였으니까. 그렇게 의기양양하지 말아라들.

권태기

그냥.

오늘 날씨는 뭐 어떻고

거기 음식은 어땠으며,

요즘 내가 어떤지

무슨 말이든 하고 싶었다.

사실 예고도 없이 갑자기

내가 눈물을 쏟을까

겁이 나기도 했다.

나는 그냥 마주 보고 앉아서

뜨거운 차를 천천히 마시며

너와 이야기하고 싶었다.

내가 이 순간을

얼마나 바라고 기다렸는지는

나만 아는 것 같다.

시간은

너무 많은 것을 바꾸어 놓는다.

가만 생각해보니

나는 화를 낸다거나 서운해할

아무런 자격이 없었다.

그 침묵을

알아서 받아들여야 하는 그런,

나는 아무것도 아니다.

책임전가

너 때문이다.

내 인생 너 때문에 이렇게 불안해졌다.

나도 사랑하고 싶다.

나도 온전히 사랑하고 싶다.

내 인생 왜 이래야 되나.

이게 다 너 때문이잖아.

행복이 행복인 줄 모르는 거

이거 너 때문이잖아.

근데 넌 뭔데 두 발 뻗고 자는데.

그 사람 나 때문에 맘 아프면

그것도 네 탓이다.

기시감

같은 하늘은 있는데

우연은 일어나지 않는다.

정말 더럽게 반갑고

기막히게 슬픈 일이다.

인정

사랑할 땐 죽기 아니면 까무러치기
또는 자연스럽게 헤엄쳐 나오기도

사랑하면 곁에 두고 싶은 것
곁에 없다면 그는 나를 사랑하지 않는 것.

떠난 것에 이유를 묻지 못하고
끝난 것에 이유를 달지 않겠다.

우리 일생에 한 번
그때라도 마주친 것이 얼마나 다행인가.

원망도 미움도 없이
이제야 그만 행복으로 매듭을 짓겠다.

찬란했던 순간.

왜일까

그때나 지금이나

보고 싶은 건 똑같다.

이 바보 같은 사람은

그때나 지금이나 똑같다.

기대

그가 흩어진 나를 주워주었다.

묵묵히 들어 올려 제자리에 놓아주었다.

감사할 따름이다.

한발 먼저 간 그에게

따뜻하고 형식적인 문자가 왔다.

예쁘게 포장된 빈 상자 같았다.

우리의 시간에 대한 예의 정도인지

짧게 삐져나온 한 올의 맘에

불을 지펴 주려는 것인지

도무지 알 수가 없었다.

지금 우리는 서로에게 달려가려는 중인지

달아나려는 중인지 알 수가 없었다.

어쩌면

그는 이미 저 멀리 가 있는지도 모르겠다.

그의 지나치게 따뜻한 한마디는

모든 감정이 지나가고 나서야 남은

그저 불룩한 땅을 잘 다독여 주는

정리 정도의 마지막 인사일지도 모르겠다.

재회

10개월 만에 다시 만난 그와 나 사이에 건너야 할 다리는 세 뼘 정도의 테이블과 고작 두 컵에 담긴 물 정도의 강뿐이었지만, 누구도 내딛지 않았다. 참으로 신기한 것이 보고 싶음이나 미련 같은 것은 절대 아니고, 그저 궁금해서 얼굴 한번 보자고 한 것인데. 먼지보다 작은 기대를 가진 나하고 그도 같은 마음으로 앞에 앉아 있는 것인지 궁금했다.

친구도 오랜만에 보면 반갑고 이리 어색하지는 않은데, 삼 년을 나눈 더없이 깊은 사이가 몇 달 만에 이리 남이 된다는 게 실감은 나지만 이해할 수가 없다.

그 얼마 안 되는 공백에 네 생각을 하며 보낸 시간이 삼 년보다 길지만, 내가 가슴에 담고 있었고 만나고 싶었던 건 지금 눈앞에 너는 아닌 것을 인정했다.

"이맘때 생일이어서 신발 한 켤레 샀는데."

이거 신고 내 곁에서 뛰어가줘. 멀리멀리 가줘.

내딛는 모든 걸음 응원할게. 정말 안녕.

Part 3
보드랍고 말랑말랑하게

비록 한 번의 인생이고

어디로 흘러갈지 모르나

반은 받아들이고

반은 치열하게 살지어다.

삶의 모양

삶은 있잖아
보드랍고 말랑말랑하고
유연하고 찰랑찰랑해야 한다고 본다.

나는 어디에도 잘 변화하며
흔들리고 따라가며
흘러가고 눈에 보이고
만져지듯이 결 따라
흐르도록 하늘하늘하게.

그것이 내가 추구하는 향기로운 삶

함부로 어디에 침범하지도 않고
어긋나지도 아니하게,
삐져나가지 않게.

마음 무 성장 자

세월을 좀 더 보내고

나이가 좀 더 먹고서 느낀 것은

세상에 영원히 내 것이란 없음과

너는 환경에 따라 유동적으로 변하며,

나는 돌연변이도 아니고

늘 그냥 멈춰있다는 것이다.

지나가다 네가 잠시 머물다,

또 누군가 잠시 머문다.

누가 날 끌고 함께 가자고 하지 않는 한,

너희는 머물렀다 떠나고

나는 또 멈춰 있을 것이다.

그래서 멈춤과 머무름에 대한 고찰이

나는 필요하다.

마모

나는 그립거나 보고 싶은 것들에게
소리 내어 외치거나 열심히 꺼내 보는 편이다.

마주하고 바라보고 만지고 문질러서
닳디 닳아 작아지게 만드는 편이다.

때론 뾰족해져서
나를 찌를 때도 있지만
그것도 계속되면 언젠가는 뭉뚝해지겠거니.

어디엔가 보이지 않도록 굴러다녀도 좋고
아니면 어디엔가 잘 담아둘 수 있도록
작아만 져라.

사라지거나 없어지진 말고
보이지는 않지만, 존재는 하게.

두 배의 기억력

언제더라.

누군가 비 오는 날은

기억력이 두 배가 된다는

이야기를 해준 적이 있었다.

그 이야기를 듣고 나서부터

비가 내린 날의 기억들은 꽤나 친숙하다.

아마도 머리나 가슴보다는

내 코가 기억해 내는 것 같다.

꽤나 익숙한 냄새에 기분이 좋아졌다.

자정이 넘은 시간

어서 잠들어 못났던

어제를 잘라내고

내일과 만나

오늘을 시작해야지.

변화

마르지 않는

샘 같은 것은 없을까?

공기 중에 날아가고

시간에 마르고

무엇이든 소모되며

닳아 없어지는 것이 쓸쓸하다.

아니 씁쓸한 때,

그것이 바닷물이라면

내가 잘 말려 소금을 만들고

바위라면

잘 깎아 정교하고

아름답게 할 순 있으려나.

자려고 누웠을 때

어둠을 헤엄쳐 다니고 있다.

밤을 들이마시고 어둠을 뱉어

내 방안에 가득 채운다.

눈에 보이지 않게

내 여러 상념들이 떠다닐 수 있도록

조금 부끄러운 고민이나

숨기고 싶은 잘못도

맘껏 꺼내어 정리할 수 있게

시간도 멈춰가기를.

꽤나 길고 무거운 기억들이

이 공간 안에 있지만,

아쉽게도 그것은 편집이 안 된다.

지금도

흘러가

어디에 다다를지 모르겠지만,

흘러가라.

지나간 것들 또는 지나갈 것들

어디쯤에 있을까.

소리의 의미

말이란 것이
오물오물하다가 뱉었을 때
더 불어서 커진다고 한다면

꺼낼수록 닳아서 없어지거나
할수록 상대에게 스며들어 피로 돌거나
어찌 됐든 어디서인가 떠돌고 있을
그 말에게.

악이든, 고백이든, 이야기든
너의 눈 속에도 있었고
그 숨에도 있었고
튀는 침에도 있었고

그 목에 핏대에도 있었던

어딘가에 있을 그 말에

목이 마르다가도

자유롭고 싶은데

지금도 끊임없이

모든 소리가 시간에 새겨진다.

엄마랑 발리에서

엄마. 나 여행 오면 가끔씩 운다?

왜, 너무 행복하면 눈물 나잖아.

문득, 너무 넘치게 행복하다 싶어서

뭉클하고 울컥할 때가 있어.

아. 이것도 지나가는구나.

이렇게 흘러가겠구나.

다시는 안 올까?

그러면서 애가 타.

나 지금 그랬어.

기뻐서 운다는 건 다 거짓말이야.

어떤 형식으로든 슬픔은 섞여 있는 것 같아.

가을

잠시 멈추고
울다 가도 괜찮습니다.

다 보고 나온 영화가
이제야 슬프기도 한 계절이니까요.

알아줬으면 하는 마음

나의 문장은 왜 멋진 소설과 시처럼 만들어지지 않을까. 그렇다고 내 맘이 유명한 작가들과 다르지는 않을 텐데. 간결하고 진지하게 내 맘을 담을 수는 없을까. 그곳으로 전할 수는 없을까. 내리는 눈을 바라보다가 눈이 온다고 메시지를 보내거나, 그저 술을 마시러 나가는 일이나. 또는 이 음악을 들어 보라는 정도밖엔, 고작 그 정도밖에 맘을 던질 방법이 없다. 현재는 커튼을 치고 웅크려 좋아하는 노래를 듣고 있고, 앞으로 나를 기다리는 것은 도망치듯 무작정 끊은 막연히 먼 나라의 비행기 티켓과 마지막 사랑하는 친구의 결혼식. 그리고 부케를 받는 일.

그 나라는 반나절을 날아가도 그대로 오늘이고 돌아오면 내일일 것이다. 그 내일은 누군가의 세상이기를 간절히 바라지 않기를, 여전히 근심을 마시며 시간을 등 떠미는 일 같은 것은 없기를. 이 문장들이 간결하고 멋스럽기는 틀려먹었지만 아홉 명이 유치하다 비웃어 넘겨도 아니, 여덟은 오그라든다고 욕해도 한 명은 찔리고 다른 한 명은 마음으로 읽어주기를. 이미 구구절절한 나는 구차하기 그지없으니.

예나 지금이나 나는 똑같이 옆으로 누워 잔다.

일출

이렇듯 어쩔 수 없이 보이는 것이,

이것이 진짜가 아닐까.

침묵 속에서 변함없이

매일을 떠오르기만.

공개 편지

To. 동순이에게

어떻게 지내니?

나 번호 그대로거든.

이거 보면 문자해!!!!!

From. 소민이가

길을 잃다

여행은

길을 잃는 게 미덕.

그래서 더 좋다.

인생도 그렇다.

헤매다가 만나는 것도

운명이라면, 운명이지 않은가.

열정

나의 적은

그 어디에도 없다.

바로 내 안에 있다.

내가 즐거운 것을 하자.

내가 행복한 것을 하자.

옛날 신나라 했던

그 사소한 놀이들처럼.

들꽃의 경고

내가 지금 땅을 파고
그 어둠 속으로 들어가려 함은
더 깊게 뿌리내리기 위함이다.

쭉쭉 뻗어 저 멀리까지
이 두손 두발로
땅을 꽉 움켜쥘 것이다.

먼 훗날,
빼꼼히 내민 내 얼굴을 보고
가느다란 풀꽃이라고
나를 뽑으려 애쓰지 말기를.

나는 이 땅을 모두 움켜쥐고 있을 테니.

뱉는다

용들 사이에서

뱀이 무엇을 할 수 있겠냐마는

뱀은 침을 뱉고 또 뱉는다.

나를 욕하는 사람들에게

참 이상해요.

너는 나를 잘 몰라요.

근데 그 입술은 다 알아요.

나는 착한 아이는 아니에요.

초등학교 3학년 어린 시절 일기만 보아도

알 수 있는 사실이에요.

나는 착한 사람이 아니에요.

길에 쓰레기 버린 적도 있고

화가 나면 욕부터 튀어나와요.

안 사랑하는데 사랑한다는

거짓말도 해봤고요.

지하철에 어르신 계시는데

살짝 조는 척도 했었어요.

못난 것을 더 많이 보며 살고요.

맛없는 걸 더 많이 먹고 살아요.

쓰디쓴 걸 더 좋아해요.

나는 착하지 않아요.

착하다고 한 적 없어요.

네가 알아요? 너는 몰라요.

근데 그 입술은 다 알아요.

네가 진짜 나쁜 사람.

내가 이렇게 유치해요.

아. 나는 달려가요.

따라 오든지.

안녕.

진화

타들어 가고 있는
남은 심지를 보는 것만큼
괴로운 일도 없다.

어릴 때는 끄려다 다치고
어른이 되어서는 그냥 태우고
시간이 많이 지나서는
후회하며 울었다.

그렇지만,
그건 끄려 해서도 모른 척해서도
그 무엇 때문도 아니다.

내 탓이 아니었고
어쩔 수 없는 일이었을 뿐.

그냥,

시작과 끝이 정해져 있는 운명 같은 거.

감당하고 감내해야 하는 몫 같은 거.

포기해본 적 없지만

재뿐이었던 것.

팔자

우리는

살아내고 있는 자체가 이미

운명을 이긴 게 아닐까.

창작의 의미

내 맘을 말해주고 싶거나
알아줬으면 싶을 때는
연주를 하고 싶거나
노래가 하고 싶어요.

누가 나를 바라봐 주고
안아줬으면 싶을 때는
글을 쓰거나
그림을 그리고 싶어요.

그러지 말아라

슬프지 말아라,

술푸지 말아라.

아빠의 편지

사랑하는 아들 딸!

영원히 살 것처럼 배우고

세상을 다 품을 것처럼 살아라.

앞으로 어떤 인생을 살아가든지

아빠 엄마는 영원히 너의 편이다.

무서워 말고 겁내지 말고 마음껏

높이 날아보기 바란다.

2016.7.7. 아빠가.

추신- 생일날 고맙고 그저 미안한 마음.

제일 좋아하는 음식, 돈가스

기억도 가물가물한 어린 시절에 부모님은 특별한 날 동생과 나에게 늘 돈가스를 사주셨다. 네 식구지만, 늘 돈가스 두 접시를 앞에 놓고 부모님은 배가 부르다며 너희 많이 먹으라고 잘라주셨다. 정말 텔레비전에서나 봐 왔던 흔해 빠진 장면이지만, 그래서 꺼내고 싶지 않은 이야기지만 동생과 나는 지금도 서로 그 기억을 이야기하며 안주 삼는다.

나는 늘 돈가스 한 접시를 다 먹지 못했다. 남동생은 한참 잘 먹을 때였기 때문에 아빠가 잘라놓은 돈가스를 맛본다며 하나 집어 먹는 것에도 성화였다. 정신없이 돈가스를 먹다가도 그런 모습을 보게 되면, 나는 먹던 포크를 내려놓으며 배부르니 그만 먹겠다고 했단다. 어린 맘에 어디서 그런 눈치가 있었는지 분명 부모님은 식사를 안 하셨던 상태였다는 것을 알고 있었다. 그제서 한 점 두 점 맛을 보시던 부모님. 내 어릴 적 돈가스집 풍경은 모두 이 장면의 반복이기에 기억에 남지 않을 수 없다.

성인이 돼서 밥벌이 못하던 시절, 함께 돈가스집에 가면 이제는 모두 인당 한 접시를 차지하기는 하지만, 내가 해드릴 수 있는 것은 고작 내 돈가스 반 개를 잘라 그 접시에 더 올려드리는 것이 전부였다.

그 몸을 방패 삼아 모든 어둠 가려주시고 나를 이렇게 밝게 키워주시고, 밖에서도 사랑받으라고 사랑을 주는 법을 가르쳐 주셨는데, 그 고마운 마음에 보답할 수 있는 것이라고는 내가 계산하는 돈가스도 아닌 이 돈가스 반쪽을 나눠드리는 것밖에 할 수 없음에 괴로운 20대를 보냈다.

하루라도 빨리 더 맛있고 예쁘고 좋은 것들을 안겨드리고 싶었다. 자랑스러운 딸이 되고 싶었다. 부모님뿐 아니라 나를 보겠다고 밤새 텔레비전을 틀어놓았다가 주무시는 할머니, 깨끗하게 진열된 딸기를 흐트러트리며 먹어보라는 과일 파는 큰아버지.

내가 조금 더 씩씩하게 세상으로 걸어 나갈 수 있게 사랑을 주는 나의 가족들을 위해 돈가스 반쪽보다 더 멋진 것을 드릴 수 있는 사람이 되고 싶다. 사랑으로 배부르던 시간들을 돌려 드릴 수 있기를.

나에게 보냅니다

방에 먼지가 쌓여갑니다.

코가 시뻘건 돼지 저금통부터,

혼자 드문드문 잡아보던 낡은 기타까지.

책상 위에는 국어사전과

파란 고스톱 그리고

사소한 일정을 적어두던 수첩까지.

오른쪽으로 고개를 돌리니

꼬깃한 편지 몇 통과 씨디 몇 장.

잠시 시간을 잡아두고 싶었던

바람이 담긴 일기장도.

오늘은 정신없이 비가 내리고

천둥 번개가 치는 바람에

밖에 나갈 엄두조차 내지 못했던

이 하찮은 전소민이.

정말 심각한 황사 때나 볼법한
샛노란 하늘을 보고 난 후로는
더더욱이 나갈 엄두조차 내지 못했던
게으르고 입만 살아 빠진 하찮은 전소민이.

아,
내 방 꼬락서니를 보니
내 마음을 덮고 있는
먼지의 무게가 대충 감은 옵니다.

나. 격렬하게 살고 싶어졌습니다.
먼지 다 털리도록.

첫 대본을 열며

비록 한 번의 인생이고
어디로 흘러갈지 모르나

반은 받아들이고
반은 치열하게 살지어다.

공감

이것이 얼마나 무섭냐면

두 선이 교차하는 그 점 하나가

그 순간 나를 천하무적으로 만든다.

아무도 갖지 못한 특별한 걸 가진 기분

변하지 않을 것만 같은 마음을

나만 갖게 되는 기분만으로

같은 맘 두 개는 엄청난 위력이 있다.

유서

내가 죽으면, 혹시라도 내가 사라지게 된다면, 이 글을 누가 가장 먼저 발견하게 될지. 고맙습니다. 잘 전해주세요.

안타깝고 바보 같겠지만, 저는 사랑할 수 있어서 행복했고 사랑할 수 없어서 불행했습니다. 늘 불안했고 혼자 남겨지는 게 무서웠습니다. 어디서부터 시작이었는지 모르겠으나 이해받지 못하는 마음과 이해할 수 없는 마음에 안타까웠습니다.

저의 연애는 가족 같은 거라고 생각했어요. 우리가 사랑을 키워나가며 안 볼 것처럼 다툴 수 있지만, 엄마와 아빠가 달라지지 않듯 나의 사랑도 늘 한 사람이라고 생각하는 연애였어요. 하지만 사랑은 변하고 움직이며 돌아다녀요. 그것이 많은 다툼 때문만도 아니고 덜 사랑해서도 아닌데. 아직도 이유를 모르겠어요. 갑자기 걸리는 불치병처럼 운이 나쁜 경우가 많은 것 같아요. 찾다 찾다 완벽한 사랑을 못 찾고 가지만, 그것보다는 사랑하다 버려져 곤두박질쳤을 때의 그 아픔이 너무 커서 견디기가 힘듭니다. 그래도 다행인 것은 너무 사랑했다면 저는 이 세상에 많은 미련이 남았을 것 같아요.

진짜 사랑이 없었기에 미련도 없습니다. 부디 누구도 영원히 사랑하지 말아주세요. 그래야 조금은 위안이 될 것 같아요. 완성하지는 못했지만, 사랑만큼 위대하고 좋은 건 없었습니다. 사랑할 수 있게 해준 모든 것에 감사를 표합니다. 그래도 단 한 명쯤은 전해드린 나의 마음을 추억하며 나의 죽음에 가슴 아파하거나 울어주었으면 좋겠네요. 전 그것으로 되었습니다. 이제 정말 다음은 없기를, 그 어떤 기대도 모두 안녕.

epilogue

새벽 2시 8분을 지나고 있네요. 오늘도 휴대폰은 울리지 않습니다. 그에게 전화는 오지 않지만, 그 기대를 끝낼 수는 없을 것 같네요. 다시 사랑을 시작하게 된다면, 풀리는 실밥을 잡아당기지 말아야겠어요. 행복함에 두려움과 초조함을 조금은 내려놓고 맡기기로 하겠습니다. 너무 흔해빠진 진부한 이야기지만, 먼 길을 돌아도 우린 만나겠죠. 봄이 오면 당신께 편지를 할까 봐요. 아니면 이렇게라도. 어디쯤 오고 계신가요. 그대.

지나치게 뜨겁거나 차갑고, 애매하게 날카롭거나 형태없이 뭉뚝한, 서툴고 촌스러운 아마추어의 글을 읽어주신 많은 분들께 감사를 표합니다. 글을 쓰라고 용기를 주고 가슴으로 읽어준 친구들과 내 곁에 있어 주던 추억의 증인들, 그리고 앞으로도 내 삶의 살아있는 역사가 되어줄 분들에게 감사를 표하며 이 글을 드립니다. 나는 아직도 추억의 엄청난 힘을 믿어요. 사랑해요. 많이.

전소민 드림.

술 먹고 전화해도 되는데

1판 1쇄 발행 | 2020년 01월 17일
1판 3쇄 발행 | 2020년 10월 08일
2판 1쇄 발행 | 2021년 02월 19일
2판 2쇄 발행 | 2023년 11월 20일

지은이 전소민

발행인 정영욱
편 집 정해나

펴낸곳 (주)부크럼
전 화 070-5138-9972~3 (도서기획제작팀)
이메일 editor@bookrum.co.kr
인스타그램 @bookrum.official
블로그 blog.naver.com / s2mfairy
포스트 post.naver.com / s2mfairy

ISBN 979-11-6214-307-0